나는 아직
너무 말랑하다

여는 말

* 이 시집을 펼친 독자에게

사랑하는 아이들의 삶과 마음이 담긴 소중한 시집입니다.

세상에서 기대하는 거창하고 유창하고 멋들어진 시는 아닐지라도,

여러분은 책을 펼쳐 읽는 순간 웃으실 겁니다.

한장 한장 넘길 때마다 잊었던 추억 속으로 빠져들 겁니다.

책을 덮으며 시를 쓰고 싶어질 겁니다.

어찌 그리 자신하냐고요?

어른들은 흉내조차 낼 수 없는 아이만의 기발함이 곳곳에 숨겨져 있기 때문이며, 누구나 이 시기를 살아냈기 때문이며, 단순하고 쉽게 읽히기 때문입니다.

아이들의 삶이 오롯이 여러분을 기다리고 있습니다.

절제되지 못한 채 툭 튀어나온 거친 말은 절제된 삶을 강요받는 우리에게 해방감을 선물할지도 모릅니다.

꾸밈없는 진실의 우물에서 길어 올린 날것의 언어들이 우리에게 찬물 한 바가지 쏟아부어 정신 번쩍 들게 할지도 모릅니다.

난장판 같은 세상에서 웃음 품은 풍자는 우리에게 처절한 자기반성을 요구할지도 모릅니다.

무엇이 어찌 되었든, 그저 따뜻한 시선으로 봐주시길 당부합니다.

아이들과 연이어 두 해 동안 시를 읽고 쓰며 배웠습니다.

기성 작가의 시, 학생 작품의 시, 친구들의 시도 읽었습니다. 아이들이 힘들고 지칠 때 떠올릴 수 있는 '나만의 시', 길을 걷다가, 공부하다가, 잠을 청하다가 문득 떠오른 시에서 위로를 얻고 마음이 따뜻해지길 바랐습니다.

답답한 교실을 벗어나 특별한 시 수업을 선물하고 싶었습니다.

불어오는 바람, 향긋하다 못해 아찔한 꽃향기, 새들의 지저귐, 가보지 못한 곳으로 하염없이 떠가는 구름, 장난기 어린 친구들의 목소리, 사각사각 연필 소리를 들으며, 마음 흘러가는 대로 끄적거리다 보면 시가 될 거라 다독이며 쓰고 고쳤습니다.

아이들이 쓴 시를 읽었습니다.

아이들의 기발함, 솔직함, 순수함에 깜짝 놀라고 감동했습니다.

시에 담긴 아이들의 팍팍함, 고단함, 속상함, 무기력이 슬펐습니다.

지금 순간은 쉽게 흘러갈 것이고, 나중에는 흉내 내려고 해도 절대 낼 수조차 없는 시는 이미 시가 아닌 보석으로 빛나고 있었습니다.

세월 지나 언젠가 이 시집을 펼치는 순간, 세련되지 못하고 민낯 같은 언어가 부끄러울지 모르나 소중했던 순간을 각자의 시 속에, 이 책 속에 추억으로 가두려 합니다.
순화되지 못한 거친 감정과 언어가 다소 껄끄럽게 느껴지시더라도 10대의 풋풋함을 응원해 주시길 바랍니다.

*사랑하는 아이들에게

우리 함께 읽고 쓰며 새겨진 시심(詩心) 잃지 않고
시집 한 권 곁에 두기를

시에서 만난 다른 이의 삶으로 타인을 발견하고
'나'와 정면으로 마주하기를

고된 현실에 파묻히지 않고 별일 아니라는 듯 웃으며

시 한 편 멋지게 읊조리기를

기쁜 일이든 슬픈 일이든 말로만 흘려보내지 않고
간결하고 정갈한 시 한 편으로 대신하기를

부디, 시를 읽고 쓰는 일이 낯설지 않아
그렇게 읽고 쓴 시들이 쌓이고 쌓여

삶이 시가 되고, 시가 삶이 되는
사람다운 사람 되기를

사 · 다 · 움!

마지막으로 소박한 문집으로 끝날 일을 넘치는 칭찬과 격려로 응원해 주시고 따뜻한 책으로 나오기까지 자기 일처럼 살피고 끝까지 도움 주신 모든 분께 깊은 감사를 전합니다.
이 시 수업을 끝으로 헤어지게 되었지만, 이 시집으로 인해 끊어지지 않는 끈으로 영원히 연결된 아이들의 수고와 부족한 내게 한결같은 믿음과 애정을 선물해 준 아이들에게 사랑의 마음을 보냅니다.

2023년 12월 엮은이 박정임

차례

4부 어른들은 참 안 변한다

닫는 말

1부 난 여기서 탈출하고 싶다

시는 참 재밌다

김예찬

수행평가니깐… 하며
조금조금 쓰다 보니
시가 참 재밌다

산문보단 운문이지… 하며
조금조금 쓰다 보니
시가 참 재밌다

머릿속은 윤동준데
써 놓은 건 세 살짜리

어렵고 오글거리고
쓰는 게 힘들어도
시는 참 재밌다

성적표

김민기

시험 끝난 날
한 게임의 맛

참
달고도
쓰다

희망 급식

황현서

월요일

된장찌개, 소세지, 비빔밥, 김치

화요일

베트남 쌀국수, 훈제 오리, 요거트

수요일

중화 비빔밥, 새우튀김, 샐러드, 오렌지 주스

목요일

현미밥, 떡볶이, 김말이, 마카롱

금요일

대.체.휴.일

이야~

금요일 급식

쥑이네

옆집 아이

이승헌

걘 맨날 1등
걘 맨날 올백
걘 맨날 올 A

있지도 않은
'걔' 에 끌려 다니는

참
살맛나는 인생

양성평등

전주영

아침 시간에
양성평등 교육을 했다.

교육이 끝나고
이제는 양성평등 시대라고 말하던
쌤의 목소리가 복도에서 들린다.

"감히 남자가 여자를 때려?!"
"재가 먼저 때렸어요."
"아무리 그래도 남자가 여자를 때리면 안되지!"

하하
정말
양성평등적인 사회다.

꿈의 나라

배채윤

10시쯤 학교에 간다.
하고 싶은 공부만 한다.
친구들과 즐겁게 뛰논다.
호텔급 급식을 먹는다.
밥 먹고 집에 간다.
학원 따윈 가지 않는다.
아이들이 삼삼오오 모여
하하 호호 히히 헤헤
지치도록 놀다가 집에 간다.

왕재수

이재원

시험 치고 나서
아가리를 닫든가
처 울지를 말든가

시험 못 친 줄 알고
기껏 위로해 주러 갔더니

고작 시험 문제 하나 틀렸다고
지랄 발광을 한다

의문점

전서인

일어나도
피곤하고

앉아도
피곤하고

학교 수업도
피곤하고

학원 수업도
피곤하고

숙제도
피곤하고

항상 피곤한데

왜 잘 시간에만?

금붕어

김세하

"이거 진짜 비밀이야.
말하면 안 돼."

"당연하지
절대 말 안 해."
라며 당당히 말하던 너

다음 날
전교생이 아는
안 비밀

"말하지 말랬잖아."
"아, 미안 깜빡했다."

깜빡하긴 뭘 깜빡해
니가 무슨 금붕어냐

잠깐

권태훈

학교에서
선생님이 시켜서
공부하고

학원에서
학교에서 배울 걸
공부하고

집에 와서
복습하다

잠깐
폰 봤는데

하루 종일
폰 본단다

공부는 왜?

김예원

나중에
영어로 대화하며 살 것도 아닌데
영어는 왜 배우나

나중에
일차함수 써 먹을 일도 없는데
수학은 왜 배우나

나중에
역사가 될 것도 아닌데
역사는 왜 배우나

아무리 생각해도
공부는 쓸데가 없는 것 같다

빛 좋은 개살구

김채현

내 가방은
든 게 많은 데
든 게 없다

내 가방끈은
긴데
짧다

분명 배운 게
많은데 없다

진짜 딱

석주원

진짜 딱
21시 48분,
10시 되면 숙제해야지

22시 4분,
10분 되면 꼭 숙제해야지

22시 17분,
진짜 딱 3분 뒤에 숙제한다!

22시 58분,
진짜 딱 11시 되면 숙제한다

23시 34분,
내일 학교 가서 숙제한다

24시 2분,

진짜 딱

내일 한다

시 창작 1

최민혁

풍자는 모르겠고요

그냥
나가서
놀고 싶어요

시 창작 2

최민혁

시 창작 시간이다.
근데 준수는 자고 있다.

시 창작 시간이다.
근데 준수는 딴 짓한다.

거의 다 썼다.
근데 준수는 안경 닦는다.

'에고,
준수는 고등학교 안 갈라는 갑다.'

너만 모르는 이유

김민정

걱정할 시간에
공부하지.

핑계 댈 시간에
공부하지.

휴대폰 볼 시간에
공부하지.

네가 성적 안 나오는 덴
다 이유가 있다.

야외 수업

연다윤

교실에서만 수업하다
야외 수업을 한다.

시험에 이리저리 치이다
장미향에 파묻혀 시를 쓴다.

에어컨 빵빵한 교실 아니지만
숫자로 점수 딱딱 나오는 건 아니지만

무겁던 마음이
시를 쓰며 가벼워진다.

뜨거운 태양 아래
향긋한 꽃밭에서
나는 지금 자유롭다.
나는 지금 행복하다.

하루

김태양

딩동댕
국어 수업 시작
글 쓰고 발표하자

딩동댕
수학 수업 시작
문제 풀고 발표하자

딩동댕
과학 수업 시작
공부하고 발표하자

딩동댕
영어 수업 시작
본문 읽고 발표하자

딩동댕
역사 수업 시작
학습지 풀고 발표하자

종이 안친다.
아, 드디어 끝났다

공부

유승연

우리 딸 공부는 못 해도 돼
수도권 대학만 가자

우리 아들 공부는 못 해도 돼
전교 10등 안에만 들자

어쩌라는 건지….

그래서
잘하라고 말라고?!

에어컨

강태은

8월, 쨍쨍한 여름날
교실에 들어서면
등교할 때 더위에 지친 나를
시원한 에어컨 바람이 덮친다.

5교시, 체육 시간 끝나고
교실에 들어서면
축구하느라 땀범벅인 나를
시원한 에어컨 바람이 덮친다.

시도 때도 없이 덮치는
에어컨은 변태다.

내가 전교 1등이 아닌 이유

신동근

수학은
반복의 연속이다.

국어는
우리말인데도 모른다.

영어는
뭐라는지 알 수가 없다.

과학은
수학과 영어를 합쳐 놓은 것 같다.

체육은
하지도 않는 이론이 너무 많다.

음악은
반복의 반복의 반복이다.

미술은
따라 그리기만 한다.

가보자고

석주원

셤 올백?
가보자고

반 1등?
가보자고

전교 1등?
가보자고

다음 생에
가보자고

감옥

채윤동

아침에 더 자고 싶지만
강제 기상

국어 벌, 수학 벌, 과학 벌, 역사 벌, 영어 벌, 도덕 벌, 환경 벌, 한문 벌, 미술 벌, 음악 벌을 선다.
쉬는 시간은 체육, 스포츠 뿐

학교 감옥에서 풀려나면 학원 감옥
수학 벌, 영어 벌 뿐이지만
집에 가면 숙제 감옥

지은 죄 없지만
계속 가야 하는 감옥

계획표

김주형

빙글빙글 돌아간다

빙글빙글 돌아도
돌아도 끝이 없다

돌고 싶지 않아도
끝없이 돌고 돈다

돌고 돌아도
같은 시간
같은 장소

난
여기서
탈출하고 싶다

시험

최민혁

또르르르르... 2번
또르르르르... 1번
또르르르르... 3번

서답형은 어떻게 하지?

또르륵... 뚝뚝...

학교 가는 길

방영은

한발 두발
무거운 발걸음
학교 가는 길
참 좋다

성적 생각에 한숨 한 번
엄마 생각에 한숨 두 번
학교 가는 길
참 즐겁다

온갖 걱정 고민에
등은 굽고
어깨는 처지고

가방 지고 가는
학교 가는 길
참 가볍다

결국 반복

이지현

나랑 얘기하다가도
다른 친구가 부르면
바로 달려가는 너

그런 네가 밉지만
이해하려 애쓰는 나

이런 내 맘
알아줬으면 싶은데
점점 멀어지는 우리

내가 놓으면
끝날 것 같은
거기 매달려 있는 나

너 없이 견딜만한데
놀 친구 없으면
결국 또 내게로 오는 너

그렇다
반복이다

성적표

김가림

학교에서 성적표 받고 빡침
학원에서 까이고 빡침
학원 선생님 얼굴 빨개져서 빡침
운동하다 생각해도 빡침
엄마도 보고 빡침
내 성적이지만
화나서 빡침

담배

박정섭

교육은
내가 받는다.

담배는
어른이 핀다.

나는
담배 이름도
모른다.

말고르... 였나?

거북이

류지우

고개 숙이고
학교 간다.
고개 숙이고
수업 듣는다.

고개 숙이고
학원 간다.
고개 숙이고
수업 듣는다.

고개 숙이고
집 간다.
고개 숙이고
숙제 한다.

고개 숙인 난
거북한 거북이
참 많이도 배웠다.

고작, 시험

김시현

때문에 학교가 정해지고
때문에 인생 최고 가치가 되고
때문에 1등에 목메게 되고
때문에 달달달 외우는 기계가 되고
때문에 덜덜덜 불안한 강박에 시달리고

생각도 없이
목표도 없이
꿈도 없이

시험,
고작 그거 하나 때문에
쇠창살에 갇혀
죄수처럼 산다.

학생

김나연

나는 학생이다.

이 학교엔
날 나무라는 사람
널리고 널렸다.

그 사람들은
학창시절 얼마나
말을 잘 들었을지
궁금하다.

물레방아

정지유

학교 마쳤는데
수학 학원 마쳤는데
영어 학원 마쳤는데
과학 학원 마쳤는데
숙제도 다 했는데

할 일은 산더미

어제, 오늘, 내일도
돌고 도는 물레방아

고장이 나야만
잠시 쉴 수 있는
물레방아

숙제

장형원

선생님의 따뜻한 마음으로
내 주신 차가운 숙제

난 그 차가운 숙제를
어떻게든 따뜻하게 만들어 보려 한다.

쉽지 않다

선생님의 마음이
차가워질까
큰 걱정이다.

수행평가

김나연

이 지긋지긋한 수행평가
왜 또 하냐

이 지긋지긋한 수행평가
돌아서면 또 하냐

이 지긋지긋한 수행평가
넌 잡히면 죽어

2부 나도 내 앞가림은 혼자 할 수 있다

성적

박재윤

중간고사에서
평균 87.8을 받았다

엄마는 잘했다 하고
아빠는 못했다 한다

나는 공부를
잘하면서 못하는 아들이다

치즈

연다윤

키우는 강아지 이름이 치즈다.
치즈는 정말 멍청하다.

'감자야!' 불러도
꼬리 흔들며 달려오고

'사과야!' 불러도
방긋 웃으며 달려오고

'저리 가!' 소리쳐도
장난인 줄 히죽히죽 달려온다.

멍청한 치즈를
꽉 깨물어 주고 싶다.

숙제 안 한 날

이재원

오늘은 숙제 안 하고
학원에 갔다.

엄마 전화 올까
발 동동 굴리고 있을 때

띠리링 띠리링
친구 전화
"끊어봐! 이 시키야"

띠리링 띠리링
광고 전화
"에이, 씨⋯."

띠리링 띠리링
엄마 전화
"재원아…."

떨리는 손
나오는 한숨
숙제가 불효자다

통금

김예원

내 통금은 7시다.

친구들은 남아 놀고 있을 때
나 혼자만 집으로 발걸음을 돌려야 한다.

다음날 친구들이
내가 가고 논 얘기 하며 웃을 때
남몰래 교실 구석에서
눈물 한 방울

이런 내 맘 엄마는 알기는 할까
아무리 떼 써도 내 안전을 위해 안 된단다.

15년이나 살았는데
나도 내 앞가림은 혼자 할 수 있다.

아무리 그래도 7시는 아니잖아.

동생

전유빈

엄마가 시킨다.
"양치 좀 해줘라."
"세수 좀 해줘라."
"밥 좀 먹여라."

동생 양치를 시킨다.
"입 좀 벌려봐."
"입 좀 다물어."
"이제 입 열라고!"

동생은 운다.
또 운다.
또또 운다.

우여곡절 끝에 끝났다.
참 즐거운 시간이다.

어서 침대에 눕고 싶다.

짝, 짝, 짝

김주형

게임기 보던 내 눈이
반짝

그걸 본 엄마가
등짝

웃는 동생은
짝짝

그 반동으로 떨어지는 게임기는
쿵짝

그걸 본 나는
깜짝

냉큼 차에 숨으러

폴짝

우리 누나는

배예린

우리 누나는 예쁘다.
주위에서 못생겼다 말하지만
그런 누나 얼굴이 정겹다.

그런 누나가 성형을 했다.

우리 누나는 못생겼다.
주위에서 예쁘다고 말하지만
그런 누나 얼굴이 낯설고 싫다.

짜증나는 사랑

정하윤

엄마 잔소리는
짜증난다.

억울한데
맞는 말이라
할 말이 없다.

엄마 잔소리는
나를 위한
인생 조언이다.

엄마 사랑은
짜증나는 잔소리다.

내 동생이 제일 싫다

최하은

으앙으앙
내 동생은 울보다.
나는 울보 동생이 제일 싫다.

버럭버럭
내 동생은 떼쟁이다.
나는 떼쟁이 동생이 제일 싫다.

쫄래쫄래
내 동생은 스토커다.
나는 스토커 동생이 제일 싫다.

나는 세상에서
내 동생이 제일 싫다.

동생 없는 날

세상 외로운 날

세상 힘 빠진 날

학원

이수진

가서 시간만 때우는 학원

돈만 삼키는 학원

아무 도움 안 되는 학원

이런 학원을 꼭 가라는 부모님

인생 낭비 최고의 장소

엄마, 싫어!

이재원

엄마와 싸우고
엄마에게 대들고
엄마에게 날린
한 마디

그 한 마디가
엄마를 울렸다

그런 뜻이 아니었는데….

역설

장다현

보고 싶고
그립지만
미안해서
보고 싶지 않은 할머니

할머니 얼굴 만지고
따뜻한 온기 느끼고 싶지만
속상해서
안지 못하는 할머니

할머니 주름에
울까 봐
그리워도
그립지 않은 할머니

엄마

김수빈

항상 좋은 것만 주는 엄마
항상 나 먼저 챙기는 엄마
그러면서도
당신처럼 살지 말라는 엄마
상처만 줬다고 속상해 하는 엄마
좋은 엄마가 못 돼 미안하다는 엄마

엄마,
지금만으로도 충분해요.
이젠 엄마 먼저 챙기세요.

통금

박리아

부모님이 정하신
통금 시간
5시

5살 아기도 깨어 있는
5시

초등학생도 놀고 있는
5시

난 중학생인데
왜 5시?

장미 가족

장희주

내 눈앞에 장미가 있다.

붉은 빛깔, 울 할머니 새빨간 잠바같다.
탐스러운 송이, 울 동생 동그란 얼굴같다.
은은한 꽃향기, 울 엄마 향긋한 향수같다.
뾰족한 가시, 울 언니 모난 성격같다.
상처난 줄기, 울 아빠 거친 손가락같다.

우리 가족은 이렇게나 이쁘구나

솜이

노시우

일 년 전,
우리 집 막내가 된
귀여운 도마뱀 솜이

어리버리하고
장난 끼 많은 솜이가
감쪽같이 사라진 채 3주

어느 날
기적같이 나타나
빤히 쳐다본다

정말 밉상이다
"하나도 안 보고 싶었거든."

그래도

참 다행이다

칭찬

이서빈

성적표를 받았다.
한숨만 나온다.

가방에 꾸깃꾸깃
숨겨놓았다.

집에 들어오니
엄마 손에 들린
성적표

'아, 망했다.'
"우리 딸,
하루 종일 휴대폰만 보더니
진짜 공부 잘하네."

몸이 굳었다.
세상에서 제일 무서운
칭찬이다.

그래서 힘들다

이나경

엄마 마음 속 장미는
엄마와 나 사이의 벽이다.

엄마랑 싸울 때
장미 가시 뾰족뾰족
엄마 마음 파고든다.

그런 줄 알면서
매번 콕콕 찌르는
나는 멍청하다.

엄마는
가시 숨기려
애써 웃지만

그 웃음은

사실이 아니다.

붕어빵

송승원

추운 겨울 새벽
엄마가
손에 쥐고 온
붕어빵

다 식었지만
맛있게 먹으라며
건네 준 붕어빵

세상에서
가장 따뜻한
붕어빵

3부 내 진심을 한 번 더 끄적여 봅니다

도둑

구민준

너에게 마음을
도둑질 당했다

너는 장미다

구민준

너는 장미다
보기엔 아름답지만
붙잡으면 아프다

승리

백지승

나는 복싱 선수다.

내가 이기면
나는 좋지만,

진 상대는 슬프고
그쪽 부모님 마음도 찢어지고

나는
이기고도
죄책감이 든다.

거짓말

배예린

친구가 방귀를 뀌었다.
부루루루르릉

민망한지
나를 몰아간다.
불쌍한 토끼 눈을 한 채
친구 얼굴이 붉어졌다.

"내가 꼈다."
결국 거짓말을 해 버렸다.

나는 나쁘다.

벽 가로줄

장희주

내 방 한쪽 벽에
그어진 가로줄

지저분한 가로줄이
예쁘기도 하다.

낮은 줄부터
높은 줄까지
보기도 좋다.

가만히
보고 있으면
마음도 따뜻하다.

몇 센티나 컸을라나

궁금한 맘으로
지익지익-.

조금 높아진
가로줄이
마음에 든다.

밸런타인데이

이승민

오늘은 밸런타인데이
친구들이 초콜릿을 받고 좋아한다.

친구들의 행복한 표정이
부럽지가 않다.

초콜릿을 못 받아도
절대 부럽지가 않다.

초콜릿 받아봐야
이나 썩지,
살이나 찌지….
아무튼 부럽지 않다.

따뜻한 아이스크림

여율휘

선생님, 안녕하세요? 저 재민인데요. 전 아이스크림 없으면 못 살아요. 뭐든 다 할 테니 제발, 진짜, 아이스크림 좀 사주세요! 흐엉흐엉. 전 진짜 아이스크림이 너무 좋아 아이스크림 회사도 차릴 거예요. 전 진짜 아이스크림을 넘넘 사랑해서 결혼도 할 거예요! 흐엉흐엉. 진짜진짜 꼭 먹고 싶어요.

재민이에게 사랑받는
아이스크림은 따뜻하다.

다른 세상

정은지

이 세상은
단 한 곳도
말랑한 곳 없이
딱딱하다

이 세상을
살기에
나는 아직 너무
말랑하다

생애

김은하

겨울은 뜨겁다

시린 인생에 네가 들어와
따뜻하다 못해 뜨거운 너의 온기는
내 차가운 겨울을 뜨겁게 채운다

비 오는 날

김나현

비오는 날 너랑 싸웠다.

이제 니가 보고 싶지 않다.
이제 니가 정말 싫다.
이제 너랑 만나지 않을 거다.

그런데 어째서
비 오는 날
니가 보고 싶지?

장미

김예찬

장미는 손이 많이 간다.
하지만 예쁘다.

장미는 벌이 많이 꼬인다.
하지만 예쁘다.

장미는 가시가 많다.
하지만 예쁘다.

"예쁘면 다냐?"
싫은데 좋은 '너'

역설

이나경

역설은 겉으로는 모순되지만
그 속에 진실을 담고 있다.

나도 마찬가지다.

속마음은 슬프고 우울해
눈물로 가득한데
겉으론 애써 웃고 있다.

사람들이 말한다.
"너의 내면을 들여다 봐."

내면?

그게 뭔지

어떻게 생긴 건지
어떻게 보는 건지
알 수가 없다.

내 마음인데
내 마음을 모르는
나는 역설이다.

같은 마음

김지원

쉬는 시간
나를 슬쩍 보는 너

잘한 일 있으면
크게 박수 쳐주는 너

말 걸고 싶어
먼저 장난치는 너

대화하고 싶어
먼저 심심하다고 문자하는 너

내 주변을 맴도는
단 한 가지 이유

근데 너 그거 아니?

나도 같은 마음인 거

문장

김은하

'예쁘지만 아무것도 담긴 게 없어.'

그 한 마디가 왜 이렇게 내 마음을 아리게 할까요
아무것도 담긴 게 없는 내 진심을 한 번 더 끄적여 봅니다

민들레

방영은

돌 틈에 핀
노란 꽃 한 송이
바람에 일랑이는
노란 민들레 한 송이

돌 틈에 숨은
노란 비밀 한 송이
나만 알고 있어 좋은
노란 비밀 한 송이

돌 틈에 남겨진
여린 초록 한 줄기
나만 남은 듯 해
씁쓸한 하얀 추억 한 송이

그림자

김시현

햇살 비추면
어김없이 내 앞에
나타나는 너

빛이 있어 너도 있고
내가 있어 너도 있고
나이지만 내가 아닌 너

언제나 나와 함께지만
마주할 용기 없어
손 내밀지 못한 너

너라서
나라서
보듬고 싶은 너

폭우

김은하

널 그리워한다면 이기적이겠지만
내가 조금 더 이기적일게

아직 널 좋아한다면 바보 같겠지만
내가 조금 더 바보 할게

널 잊지 못한다면 나쁘겠지만
그냥 내가 나쁜 사람 할게

'널 지우기 싫어.'

꾹꾹 눌러 담던 진심을
거센 빗줄기에 쏟아냅니다

꿈

장나은

나는 공부를 못한다.
나는 소심하다.
나는 감정에 서툴다.
나는 말을 잘 못한다.

그래서
심리상담가가
될 거다.

중2병

권아영

친구가 좋아
놀고 싶고

공부가 싫어
딴짓하고

생각이 많아
힘들고

말하다 보니
짜증나고

예민하다 보니
중2병

퍼즐

변규리

나는
조각 퍼즐

맞추려고
뒤집고
돌리고
자르고
구기고
붙이고

아무리 다가가도
아무리 애써도
맞추지 못하는
조각 퍼즐

괜찮다

나의 퍼즐로

완성될 테니

고음 불가

윤준혁

TV에서 가수가 노래를 한다.
→↘↗↗↗↗↑

등굣길 친구들이 노래를 한다.
→↘↗↗↗↗↑

음악 시간 선생님이 노래를 한다.
→↘↗↗↗↗↑

휴대폰 속 사람들이 노래를 한다.
→↘↗↗↗↗↑

집에서 내가 노래를 한다.
→↘→→→→↘

이유가 필요해?

연다윤

널 좋아한다.

아무것도 모르면서
날 보고 웃는 니가
너무 미워서 좋아한다.

아무 생각 없이
아무한테나 웃어주는 니가
너무 미워서 좋아한다.

바보 천치처럼
이런 내 맘 몰라주는 니가
너무 미워서 좋아한다.

희망

이정윤

모두 날 내려다보아도
모두 나보다 높게 자라도
나만 그 자리 그대로 있어도
할 수 있다는 희망 품은 채
계속 자랄 거다.

모두 하늘을 볼 때도
모두 본 하늘을 보지 못해도
절망이 물밀 듯 쓸려올 때도
할 수 있다는 희망 붙들고
계속 나아갈 거다.

그게 나니까.

괜찮다

정유림

꽃 피는 시기가 다 다르다
봄에 피는 진달래
여름에 피는 봉선화
가을에 피는 국화
겨울에 피는 동백꽃

우리도 그렇다
괜찮다
진달래든
봉선화든
국화든
동백이든

언젠가
활짝
꽃 필 테니

짝사랑

구민준

사랑하기엔 너무 멀고
멀기엔 너무 가깝다

감옥

구민준

잊을 수 없는 추억에
나는 가둬졌다

유리창

구민준

내 마음은 유리창이다
너는 망치다
자꾸 내 마음을 깨버린다

신호등

윤시원

길을 걷다 신호등 앞에 선다

초록불에 사람들이 길을 건넌다
걷는 사람들은 다 잘도 건넌다

왜 나만 멈춰 서 있나

역시 난 빨간불인가 보다
나도
거
침
없
이

출
발하고 싶다.

운수 좋은 날

이재원

친구들과 놀다가
아끼는 무신사 옷에
새똥이 묻었다

친구들과 걷다가
아끼는 조던 신발로
개똥을 밟았다

친구들과 따먹기를 하다가
아끼는 지우개가
전부 사라졌다

여자 친구랑 데이트 하다가
아끼는 여친 얼굴에
물을 뿜었다

참 운 좋은 날이다

벌레

채윤동

벌레는 멋있다
열심히 먹이를 옮기는 개미
열심히 꿀을 모으는 벌
열심히 흙을 먹고 자라는 지렁이
자기 일 열심히 하는 벌레들

열심히 일하지 않는 나
나도 벌레처럼 열심히 살고 싶다

장미

박주희

따스한 봄

봄이 오는 날
너도 오는 날

꽃들은 흔들거리고
벌들은 윙윙거리고
바람은 코끝을 간지럽히며
인사하는 날

봄이 떠나면
너도 떠난다.

평행선

변지훈

부모님은 좋은 대학 가서 성공하라 한다
나는 먹고살 만하면 된다

나는 친해지고 싶지만
너는 냉정하게 밀어낸다

행복을 원하지만
불행이 온다

평행선을 달리고 있다

나

정민기

반짝반짝 고개 내민
뽐내는 꽃들 속
고개 숙인 꽃 한 송이

알록달록 차려입고
어여쁜 꽃들 속
말라 시든 꽃 한 송이

그 한 송이에
내 모습이 보이네

가벼운 이별

송승원

좋아하던 사람이
이별을 고한다

아무렇지 않게
밝게 웃으며
괜찮다고 말한다

사람이 너무 많아
가벼운 듯
최대한 쿨하게

돌아서며
참지 못해
눈물 없이 울어버렸다

장미

손소율

중간고사 끝나고
내 맘 온통
연탄처럼 시꺼멓다

야외 수업 하러 간
공원엔 온통
장미가 알록달록하다

힘들고 지친 내 삶도
알록달록 장미로 물든다

환한 장미를
닮고 싶다

내 사랑

김나희

꽃이 핀다
사랑이 시작된다

꽃이 진다
사랑이 끝난다

아름다운 만큼 서글픈 꽃
사랑한 만큼 처절한 이별

바람이 분다
그렇게
지
고
있
다

4부 어른들은 참 안 변한다

선풍기

김민기

동작 그만.
고개 돌리지 마.
나만 바라봐.

그래야 내가 살아.

맛집

윤시원

차를 타고 가다가
학생들이 끝도 없이
줄을 서 있다

맛집인 줄 알고
찾아가보니
유명한 학원이란다

그럼 우리 엄만 그런다
"퍽이나 맛있겠다."

종이 빨대

유영은

친구가 고민 상담을 한다.
아이스티 잔에 담긴
종이 빨대는 점점 지쳐간다.
흐물흐물
찢기고 일그러져
지칠 대로 지쳐간다.

친구가 흐물흐물한 빨대를 보며 말한다.
"내가 지금 이 상태야."

그걸 보는 나도 생각한다.
'나도 그래.'

시는 악몽이다

신동근

시는 악몽이다

꽃이라는 말에
엄마 웃는 모습 떠오르는
시란 놈은

사랑이라는 말에
환한 그대 모습 떠오르는
시란 놈은

태양이라는 말에
개구쟁이 동생 모습 떠오르는
시란 놈은

시란 놈은
달콤한 악몽이다

말도 안 된다

김민서

강아지가 야옹거린다.
말도 안 된다

고양이가 음-메거린다
말도 안 된다

새가 찍찍거린다
말도 안 된다

소가 개굴거린다
말도 안 된다

개구리가 멍멍거린다
말도 안 된다

말도 안.된.다.

지금 내 상황이
그렇다

믿음직한 남자 친구

김예원

어라, 여자랑 노래방 갔네.
아~ 그냥 친구라고?

어라, 여자랑 술 마시러 갔네.
아~ 그냥 친구라고?

어라, 여자랑 밥 먹고 있네.
아~ 그냥 친구라고?

응, 그냥 친구?

참 믿음직스럽다.

내 인생

윤지원

인생 뭐 대단한 거 있나
그냥 사는 거지

한 번밖에 못 사는 인생
내 뜻대로 못 살 이유 있나
내 맘대로 사는 거지

눈치 보면서 인생 살 필요 있나
그냥 내 뜻대로 사는 거지

좋아하는 거 못 하면서 살 이유 있나
하고 싶은 거 하며 사는 거지

친구

남궁예찬

에어컨을 트니
너무 춥고

에어컨을 끄니
너무 덥고

너 없으면
안 돼

급똥

배예린

똑똑
아니, 아직 학교야

똑똑
아직, 아직 엘리베이터야

뿌지직
구르릉

이제, 막,
변기에
앉았는데….

너의 입

윤지원

쓸모없는 너의 입

여기서는 이 친구 욕하고
저기서는 저 친구 욕하고
그러려면 입은 왜 있냐

쓸모없는 너의 입이
참 한심하다

할 말이 없다

황현서

횡단보도 신호 기다리는
어린아이 둘
쪼물쪼물 걸어온다.

'아이고, 귀여버라'

점점 가까워지자
들리는 말소리
"아가리 아가리해, 쉣더뻑"
"응, 니 얼굴"

내 아가리가 다물어진다.

이력서

김수빈

종이 한 장
채우려고
16년 동안
학교에 다닌다.

종이 한 장으로
어떤 사람인지
어떻게 살아왔는지
판가름 난다.

살아남기 위해
한 글자, 한 글자
채우고 있다.

오늘도

한 줄

채우고 있다.

MBTI

김우경

MBTI가 뭐야?
새로운 사람을 만나면 늘 묻는 질문

난 내가
E인지 I인지
N인지 S인지
F인지 T인지
P인지 J인지
아리송한데,
MBTI로 내 성격을
단정짓고 판단해 버린다.

MBTI?
그까짓게 뭐라고….

그게 그렇게 대단하면

이름을 MBTI로 바꾸지 그래?

덕분에

유승연

1. 연예인이 죽었다.
누군지도 잘 모르고 그냥 불쌍하다.

2. 연예인이 죽었다.
이 사람 또한 잘 모르지만 유명한 가수의 지인이라기에 조금 더 감정을 담아 불쌍했다.

3. 연예인이 죽었다.
자신의 지인이 죽어서 버티지 못하고 따라 죽었다. 충격적이다.
악플이 몇 명의 인생을 뒤바꾸는지 모르겠다.

4. 연예인이 죽었다.
인터넷으로 많이 접해 본 연예인이다.
많이 안타깝고 이제는 정말 이런 일이 일어나

서는 안 된다고 생각한다.

5. 연예인이 죽었다.

내가 호감을 갖고 있던 연예인이다. 그래도 난 팬은 아니다.

그런데 너무 믿고 싶지 않았다. 이제 더 이상 그 사람을 못 본다는 것이 실감 나질 않는다.

이번에도 악플이겠지.

대체 몇 명이 죽어야 이 짓을 그만둘까. 씁쓸하다.

정말 악플이 너무 고마워 미칠 지경이다.

바퀴벌레

전주영

바퀴벌레가 집에 나타나면 무섭다
하지만 그놈이 사라지면 더 무섭다

바퀴벌레를 놓치면 무섭다
하지만 그놈을 잡으면 더 무섭다

백수

김보미

나는 경제학과를 나왔다.
로봇이 돈 계산을 한다.

나는 운전면허를 땄다.
로봇이 택시 운전을 한다.

나는 의대를 나왔다.
로봇이 수술을 한다.

나는 요리사 자격증을 땄다.
로봇이 요리를 한다.

나는
로봇 덕분에
놀고먹는
백수다.

꿈

양하은

어렸을 때, 어른들이 물었다.
"꿈이 뭐고?"
"음악하는 사람요."
"돈 안 된대이."
"아무나 하나?"
"바보 된대이."
"더 안정적인 직업 없어?"
"꼭 음악 해야겠나?"
"일단 공부부터 해라."

요새, 어른들이 묻는다.
"꿈이 뭐고?"
"없어요."
"아직도 없나?"
"빨리 정해라."

"하고 싶은 거 해야지."

난 어른들 꿈이 궁금하다.
어른들은 참 똑같다.
어른들은 참 안 변한다.

말인지 똥인지

김예원

야, ×발
개×끼야
×나 ××××××

도대체 무슨 말을 하나
잘 들어보면

"야, 나랑 편의점 가자."

유토피아

박태욱

You와 함께 가고 싶은 곳
유채꽃 활짝 피어 있는 곳
유성 가까이서 갈 수 있는 곳
유재석 만날 수 있는 곳
유리창 너머 풍경이 아름다운 곳
상상하는 대로 이루어지는 곳

뭐가 다른지

황현진

뭐가 다른지

밥만 먹으니까 살 안 찌지
밥만 먹으니까 살찌지

맨날 누워 있으니까 살 안 찌지
맨날 누워 있으니까 살찌지

고기만 먹으니까 살 안 찌지
고기만 먹으니까 살찌지

운동 안 하니까 살 안 찌지
운동 안 하니까 살찌지

앉아서 공부만 하니까 살 안 찌지

앉아서 공부만 하니까 살찌지

같은 사람
같은 행동
다른 말
뭐가 다르지

무제

서태훈

강은 바다로 흐른다.

바다는 넓지만 갇혀 있고
강은 좁지만 자유롭다.

하지만
결국
바다와 강은
서로를 끌어 안는다.

인간과 인간 사이에도
바다도 있고
강도 있다.

하지만

결국

끌어안지 못하는

바다와 강이 있다.

검은색 무지개

김보미

사람들은 무지개가 예쁘다고 한다.
무지개는 예뻐지려고 한다.

빨주노초파남보를 합하면
검은색

무지개는 두렵다.
사람들의 관심이 사라질까봐.

못생긴 게 어때서
어두운 게 어때서
검은색이라도
사랑해 주는 사람을 찾아라.

너의 이름은

강서준

모두 우릴 장미라 부른다

각각의 특징이 있는데
모두 우릴 장미라 부른다

다 다른 이름이 있는데
우린 여럿이서 하나로 불린다

키즈 카페

김지영

어린이들
하하호호
재밌게 노는 곳

나도
호호히히
재밌게 놀던 곳

옛날 쌩~
달려가 놀던 곳

지금도 쌩쌩~
달려가 놀고 싶은 곳

이제는 쌩쌩쌩~
달려도 못 가는 곳

말 따로

서민준

어떤 남자가
고깃집에 들어와
소리쳤다.

"육식은 폭력입니다."

그 남자는
가죽 코트를
입고 있었다.

공부

구지훈

학교는 왜 갈까
공부 잘하면 어디 쓸까
수학 공식 외워 어디 쓸까
영어 문법 알아 어디 쓸까

그래도
학교에 가서 공부를 한다
왜 하는지도 모르는 공부를 한다

Turkey

박성빈

칠면조는 참 불쌍해
곰이 항상 괴롭혀

칠면조는 참 불쌍해
상어도 올라와서 괴롭히거든

칠면조는 참 불쌍해
저 멀리서 온 말들도 괴롭히거든

칠면조는 참 불쌍해

* 'Turkey(터키) = 칠면조' 동음이의어에 착안한 시
* 칠면조(터키), 곰(러시아), 상어(영국), 말(몽골) 등의 동물에 빗대어 현실이 야생과 비슷함을 풍자

돈

박재윤

세상은 돈이 최고다

큰 죄를 저질러 잡혀갔는데
보석금 내고 풀려나는

세상은 돈이 최고다

닫는 말

* 어쩌다 출판?

한 번도 생각하지 못한, 출판의 시작은 몇 년 동안 이어 온 시모임에서 출발한다. 시를 좋아하는 사람들이 한 달에 한 번씩 모여 같은 시집을 읽고 감상도 나누고 삶도 나눈다. 가끔 자신이 쓴 시를 부끄럽게 내밀면 서로 응원하고 격려하는 이름도 없는 모임이다.

여느 때와 같이 아이들이 쓴 시를 제본해 들고 갔다. 하필 그날 함께 나누기로 한 시집은 유명(?) 작가분이 쓴 아주 예쁜 동시집이었는데, 무명(?) 중딩들의 거친 시집에 그만 뒷전으로 밀리고 말았다.

예고 없이 들고 간 제본 시집에 많은 칭찬들이 쏟아졌다. 어떤 분은 미리 지급하는 책값이라며 만 원을 찔러주셨고, 우리들의 멘토 배창환 시인은 '살아 있는 날것의 시' 라고 극찬해 주셨다. 그날 이후 고등학교에 근무하시는 선생님 한 분이 몇 작품을 뽑아 수업에 썼는데 학생들의 반응이 좋았다 하시고, 어떤 분은 수업에 활용하기 좋은 학생 작품이 많으니 그냥 묻어두지 말고 대구교육청 학생 저자 출판 지원 사업에 응모해 보라며 권하셨다.

열심히 가르칠 줄밖에 모르는 주변머리 없는 선생 재주로는 빛을 못 볼 뻔한 책이 여러 좋은 분들의 응원 덕분에 멋진 시집으로 세상에 나올 수 있음에 감사드린다.

* 별 대단한 것 없지만, 수업 이야기

아이들의 시만으로 충분하다고 생각했다. 그래서 뻔하고 지루한 수업 이야기를 덧대는 이 글이 아이들의 기발하고 빛나는 작품집에 오점이 될까 두렵다. 또 나보다 수업 잘하는 분들이 너무 많음을 잘 알고 있기에 섣부른 덧붙임이 쓸데없는 짓은 아닐지 걱정도 많다. 왜냐하면 수업 시간에 활용한 대부분 자료와 학습지는 내가 만든 것이 거의 없기 때문이다. 나보다 앞서 고민하고 애써 만든 자료를 기꺼이 공유해 주신 많은 선생님들의 순수 창작물을 그저 내 입맛에 맞게 부지런히 재구성한 것뿐이다.

그럼에도 수업 이야기를 덧붙이는 것은 수업 결과물로 묶은 시집이니, 과정과 방법을 공유하여 시 창작을 고민하는 분께 작은 도움이라도 될까 하는 희망에 덧붙이는 글이다. 도움을 받기만 한 사람이 도움을 준다고 쓰는 이 글이 상당히 아이러니하고, '대단한 것 없는 수업'에 '알려 드릴 노

하우' 는 더욱 없으나, 너그러이 이해하시고 취할 것만 취하시라 당부한다.

인제 그만 수업 이야기로 들어가 보자.

* 왜 시 수업인가?

나는 공부를 잘하고 못함, 글을 잘 쓰고 못 씀, 말주변이 좋고 없음에 기죽지 않도록 모두에게 평등한, 따뜻한 국어교사가 되고 싶었다. 아니, 거짓말이다. 잘하는 아이보다 못하는 아이에게 더 마음 쓰이고, 반듯한 아이보다 공사판 철근처럼 삐죽이 튀어나와 위태로워 보이는 아이에게 마음이 기울었다. 왜냐하면 아이들 앞에 놓인 힘겨운 삶과 마주할 때, '내 유년의 윗목〈기형도 엄마 걱정〉' 이 오버랩 되기 때문이다. 그래서 수업을 통해서라도 그들에게 따뜻한 아랫목이 돼 주고 싶었는지도 모른다.

'왜 시 수업인가?' 를 말하다 갑자기 웬 고해성사 같은 소리냐고? 시 수업이야말로 가장 평등하고 따뜻한 수업이기 때문이다.

중학생, 그것도 중2 아이들에게 책을 읽히거나 글을 쓰게 하는 일은 사과나무에 휴대전화가 달릴 일이다. 쓰기, 그중에 시 쓰기는 요즘 아이들 표현으로 '웩' 이다. 그런 아이들에게 '어떻게' 에 대한 상세한 안내 없이 시를 쓰라 하면, 이내 포기하거나 점수가 무서워 마지못해 몇 줄 긁적거리고 만다.

그래서 더 제대로 된 시 수업을 하고 싶었다. 시가 얼마나 우리 삶을 풍요롭게 하는지, 시를 읽는 이와 시집 한 권 제대로 읽어 내지 못하는 이의 마음 깊이가 얼마나 다른지, 시를 쓰는 이와 쓰지 않는 이가 이웃과 사회를 보는 눈이 얼마나 다른지, 별스럽지 않은 몇 줄의 글만으로도 울고 웃으며 묵묵히 삶을 감내하는 법을 시에서 배우게 하고 싶었다.

좋은 시를 읽기만 해도 아이들 눈빛이 다르다. 그런데 다른 문학과 달리 시는 쓰는 맛이 있다. 뭐라도 끄적거리면 시가 되는 마법의 문학이다. 시는 잘난 아이는 잘난 대로, 못난 아이는 못난 대로 자기 깜냥의 열매를 맺고 저마다 오묘한 맛을 내는 매력을 지녔다. 아이들이 시의 오묘한 맛을 느끼고, 그 맛을 평생 기억하게 하고 싶었다.

그럴 수 있도록 던지듯이 종이 한 장 내밀고 '써 봐라.' 가 아닌 수업을 해내고 싶었다. 가슴 저 밑에서 차오른 생각과

감정을 끄집어내 삶과 마음이 담긴 시를 쓸 수 있도록 차근차근 안내하는 수업을 하고 싶었다. 이런 마음으로 나름대로 고민하고 이끌어 간 수업에 다행히 아이들도 즐거워하며 함께 해 주었기에 세상에 나온 시들이다.

* 시 수업을 시작하기 전 꼭 던져야 할 '밑밥' 두 가지

구체적인 수업 이야기를 풀어 놓기 전에 놓치지 말아야 할 큰 흐름부터 설명하려 한다.

시 수업에 중요한 것은 밑밥이다. 내가 던진 밑밥은 두 가지다.

하나는 '읽기'에 대한 동기부여다. 밑밥의 목적은 시를 최대한 많이 읽히는 것이다. 기성 작가의 작품도 좋고 학생 작품도 좋다. 뭐든 분위기 잡고 닥치는 대로, 최대한 많이 읽힌다. 특히 아이들의 삶과 닮은 학생 작품을 많이 읽히면 좋다. 학생 창작 시를 문집 형태로 제본하거나 평소 교사가 읽은 시 중 좋았던 시들을 모아 제본해서 읽혀도 좋다. 이런 시는 아이들이 쉽게 빠져들고 긴 시간 읽어도 질려하지 않는다. 최대한 많은 시간을 확보해서 읽고 또 읽는다. 얼만큼이냐고? 상황에 따라 다르겠으나 나 같은 경우 1인당 10권 이상의 시집을 읽혔다. 읽다가 사춘기적 흥미(?)를 자극하거나 재밌는 시라도 발견하면 친구들끼리 키득키득 참지 못하고 새어 나오는 소리가 많을수록 성공적인 시 읽기다.

실컷 읽다 보면 아이들 입에서 시는 언제 쓰냐는 말이 나온다. 비슷하게 흉내 내거나 뭐라도 쓸 수 있을 것 같다는 생각이 스멀스멀 올라오는 지점에 온 것이다.

그때 던지는 두 번째 밑밥은 '쓰기' 에 대한 동기부여다.

"지금 이때, 이 순간만 쓸 수 있는 보석을 누구나 품고 있다. 초등학교 1학년 때를 생각해 보자. 그때 쓴 시를 지금 읽으면 쥐구멍을 찾고 싶을 것이다. 유치한 건 인정한다. 하지만 그때만의 순수함과 엉뚱함을 지금은 흉내조차 될 수 없다. 그러나 오래된 낙서 같은 그 서툰 끄적거림이 순식간에 추억의 한 페이지로 당신을 데려다 놓을 것이다. 그 속에서 부끄러움은 잠시요, 희미하게 미소 짓는 당신을 발견할 것이다." 등등.

"지금, 이 순간도 마찬가지다. 초등학교 1학년 때처럼 영원히 사라질 중 2만의 감각, 느낌, 감성을 붙들어야 한다.

이 시간과 공간을 둘러싼 작은 것 하나도 놓치지 말자. 이런 말을 하는 동안 벌써 지나가 버린 순간순간들. 1년, 한 달, 어제, 오늘, 아침, 몇 분 전, 내가 머물렀던 사건과 감정, 생각을 부끄러워 말고 끄집어내자. 그리고 종이를 꺼내 생각나는 대로 끄적거리기만 하면 시가 된다."고 잔뜩 부추기며 주문을 건다. 이쯤에서 몇몇은 고개를 끄덕이고 몇몇은 눈을 반짝인다면 반은 성공한 셈이다. 또 조금 설익어도 좋으니 최대한 많이 여러 편을 써 보라 한다. 자꾸 쓰다 보면 어느샌가 은근히 '어, 괜찮은데?' 라며 자신감 붙은 아이는 티가 난다. 혼잣말인 양 다 들리도록 쓴 시를 낭송하거나 괜히 내 주변을 어슬렁거리다 말없이 시를 쑥 내민다. 이 순간을 놓치지 않고 기대 어린 눈빛에 부응하듯 약간의 미소를 찡긋해 보이기만 해도 아이의 어깨는 천장에 닿을 듯 으슥하다. 여기까지 왔다면 다 된 밥이다.

그 이후는 행과 연으로 적절히 배열하고, 입말로 소리 내어 여러 번 읽으며 걸리는 것들을 해치우고(?) 나면 저마다의 오묘한 맛을 품은 멋진 시가 탄생하는 것이다.

* 무엇을, 어떻게 가르쳤나?

내 수업의 얼개는 대체로 다음 순서대로 흘러간다. 시 수업도 이 얼개대로 이루어졌기에 순서대로 풀어가며 설명하겠다.

1. 알짜 개념 선보이기(핵심 개념 다루기)
2. 알짜 개념 다지기(시범 보이기)
3. 알짜 개념 따라잡기(연습하기)
4. 알짜 개념 뛰어넘기(적용 및 평가)
5. 되돌리기(피드백)

1. 알짜 개념 선보이기(핵심 개념 다루기)

각 단원의 '핵심 개념'을 가르치는 단계다. 핵심 개념은 성취 기준에서 나오고, 성취 기준은 결국 평가와 연결된다. 즉 '무엇을 가르치고, 무엇을 평가하는가?'는 결국 같은 일이다. 요즘은 이를 '교수평일체화'라 한다.

이 단원의 성취 기준은 '[9국05-09] 자신의 가치 있는 경험을 개성적인 발상과 표현으로 형상화한다.'이다. 여기서 다뤄야 할 핵심 개념은 '개성적 발상과 표현'에 속하는 '역설, 반어, 풍자'다.

나는 여기에 '운율' 까지 더해 네 가지를 핵심 개념으로 잡고 수업했다. 운율은 시와 분리해 생각할 수 없고, 시 창작에서도 중요한 부분이다. 따라서 평가 계획 수립 때부터 성취 기준에 운율을 추가하여 수업했다.

역설, 반어, 풍자 단어만 들어도 어질한데, 이를 해석하고 쓸 수 있어야 한다. 그러니 '어떻게 가르칠 것인가?' 에 대한 고민이 필요했다. 여기서 핵심 개념 네 가지를 모두 다룰 수 없으니, '역설' 수업을 중심으로 설명하고자 한다.

먼저 '역설' 의 개념을 설명한다. 역설의 개념에 포함된 한자어 '모순' 에 담긴 의미부터 설명하고, "역설이란 서로 모순되는 시어를 나란히 배치하여…."라고 아무리 쉽게 설명하려 애쓰고, 목청을 높여도 아이들은 아리송하기만 하다. 그래서 다음 단계인 '알짜 개념 다지기(시범 보이기)' 가 필요하다.

2. 알짜 개념 다지기(시범 보이기)

알짜 개념을 다양하고 많은 예를 통해 익히는 단계다. '역설' 하면 문학사에서 빠지지 않는 주옥같은 예문들을 손짓 발짓 총동원하여 세세히 설명한다. 한두 예로는 어림도 없다. 다섯 개 이상의 예를 정성껏(?) 설명하면 고개를 끄덕이는 몇몇이 있다.

이젠 동영상, 광고 문구, 일상에서 발견한 역설의 예를 보여준다. 역시 아이들에게 가장 잘 먹히는 자료는 동영상이고, 헷갈리던 아이들도 동영상을 보는 순간 눈빛이 달라진다. 감을 잡아가는 것이 눈에 보인다. 주의할 점은 예로 든 자료엔 '확실한 역설'이 담겨 있어야 한다. 잘못된 예시는 오히려 다른 표현법과 헷갈릴 수 있으니, 주의가 필요하다. 이것 또한 한두 예시로는 안 된다. 최대한 많은 자료로 승부를 걸어야 한다.

그럼 많은 예는 어디서 찾는지 궁금하실 것이다. 전국의 중학교 2학년은 같은 성취 기준을 가르치고 있다. 이 말은 앞에서 고백했듯이 이미 많은 선생님이 같은 수업을 하셨고, 감사하게도 아무런 대가 없이 모든 것을 나누고 있다는 것이다. 국어 교사 모임 단체 톡, 카페, 블로그, 국어 위키 등에 올려진 자료의 바다에서 필요한 것을 건져 올리는 수고만 더하면 된다.

내 수업의 핵심은 이 단계, 즉 수많은 예시자료 보여주기에 있다. 역설을 어려워하는 아이들에게 백번 천번 뜻을 설명하고 외우게 해도 확실하고 많은 예시 자료를 이길 순 없다. 자료의 99%는 뛰어난 동료 교사들의 피땀 어린 결과물

이고 이를 재구성한 것뿐이라 해도, 본인 수업으로 소화해 쓰기에는 상당한 시간이 필요하다. 그러니 부끄럽지 않은 수업 준비를 위해선 잦은 초과도 달아야 한다. 교사들의 바쁜 현실을 들먹이며 굳이 하지 않아도 될 너스레를 떠는 이유는 아무리 바빠도 찾고 또 찾아야 함을 강조하기 위해서다. 아이들이 예시 자료를 보며 '감' 을 잡을 때까지 보여주고 또 보여줘야 한다. 꼭 기억하시라. 핵심 개념을 확실하게 가르치고 싶다면 최대한 많은 '예' 를 보여줘라. 보여주면 보여줄수록 아이들은 알짜 개념에 더 가까이 다가설 것이다.

다양한 자료를 동원하여 아이들이 핵심 개념에 대한 감을 잡았다 싶으면, 다음 단계인 '알짜 개념 따라잡기(연습하기)' 로 넘어간다.

3. 알짜 개념 따라잡기(연습하기)

단편적인 예들로 핵심 개념을 가르쳤다면, 제대로 된 한 편의 시로 쐐기를 박는 단계다. 수업 방법은 '따로 또 같이' 로 개별 활동과 모둠 활동을 반복하며 연습하는 것이다.

역설이 가장 잘 드러난 작품이면서 스토리텔링 하기 좋은 시를 선택한다. 이형기의 '낙화' 로 수업한 썰(?)을 예로 들어 보겠다.

먼저 혼자, 다 함께, 번갈아 가며 등의 방법으로 시를 읽는다. 읽은 후 바로 시로 돌진하지 않는다. 스토리텔링이 필요하다. 이야기꾼이 되어 첫사랑을 들려줘도 좋고, 사춘기 아이들을 홀릴 만한 절절한 사랑과 처절한 이별 이야기일수록 좋다. 그러면 아이들은 한껏 이야기에 몰입하지만, 교사는 '낙화'에 담긴 역설을 이해시키는 것이 스토리텔링의 목적임을 잊어서는 안 된다. 그러므로 배경은 꽃비가 내리는 봄이어야 하고, 꽃이 질 때 맞는 이별, 돌아서는 이의 절제된 뒷모습, 아픔을 통해 성숙한다는 모든 요소가 적당히 버무려진 스토리텔링이어야 한다. 사랑과 이별 이야기에 흠뻑 빠져있을 때, 시를 다시 읽는다. 그러면 목소리부터 다르다.

이때 '낙화'에서 건져 올려야 할 핵심 개념으로 구성된 질문지를 주면, 답을 못 찾는 아이는 거의 없다. 답을 못 찾는 아이는 아직 역설에 대한 '감'을 잡지 못한 것이다. 그러면 그 아이에게 가서 아까 했던 스토리텔링을 다시 시작하려고 하는 순간, 같은 모둠의 아이가 나를 대신해 모든 것을 알려주리라.

시 한 편으로 다 안다고 착각하면 안 된다. 다른 교과서에

실린 작품으로 또 연습에 들어간다. 두 번째 사용한 시는 함민복의 '독은 아름답다'이다. 이번엔 아무런 스토리텔링 없이 시를 읽고, '낙화'와 똑같은 구성의 질문지를 준다. 혼자 할 수 있는 만큼 해결하고, 나머지는 모둠끼리 협력하여 해결하도록 한다. 모둠에서도 해결하지 못해 어려움을 겪는 모둠이 있다면 힌트를 조금만 주어도 '아!'란 감탄사를 들을 수 있을 것이다. 또 세 번째 시를 주고, 같은 패턴으로 진행하면 교사의 설명 없이도 90% 이상이 시에 나타난 역설을 찾아내고 이해한다. 네 번째 시를 내밀면 아이들은 '너덜너덜하다.' 하고, 나는 '마르고 닳도록 해야 네 것이 된다.'며 장단을 맞춘다.

반복과 연습은 여기가 끝이 아니라 이제 시작이다. 도서관에서 대출한 시집, 학생 작품 문집, 추천 시와 모아 두었던 좋은 시를 제본해 모두 읽힌다. 학생 작품집은 〈내가 아직 어려서 미안해〉(배창환, 작은숲), 〈지금은 0교시〉(배창환, 한티재〉 등을 참고했다.

시로 샤워한다고 해야 할까? '시 샤워(?)', 조금 이상한 말처럼 보여도 가장 가까운 표현이다. 아이들은 1인당 10권 이상을 읽는다. 아이들이 잘 읽냐고요? 그렇다. 공감되는 시가 많고 학생 작품이 많아 그런지 아이들은 의외로 시 읽기를 좋아한다.

그냥 읽히기만 하면 안 된다. 우리에겐 '역설'이라는 목표가 있으니…. '역설'이라 생각되는 표현이 나오면 공책에 시집 제목, 작품 제목, 쪽수와 표현을 적으며 시를 수집하게 한다. 운율, 반어, 풍자도 같은 방법으로 수집하며 읽도록 한다. 이렇게 반복적으로 수집하며 읽다 보면 핵심 표현법을 처음보다 훨씬 수월하게 잘 찾아내는 것을 볼 수 있다.

그럼 수집한 시는 어디다 쓰냐고요? 다음 단계인 '알짜 개념 뛰어넘기(적용 및 평가)'에 사용된다.

4. 알짜 개념 뛰어넘기(적용 및 평가)

지금까지 익힌 핵심 개념을 써먹는 단계, 즉 배우고 익힌 네 가지 표현이 나타난 시를 해설하고, 핵심 표현을 사용하여 시를 창작하는 단계다. 이 단계는 수행평가와 연계하여 진행한 시 해설과 시 창작 두 부분으로 나누어 설명하겠다.

4-1. 시 해설하기

수집한 시를 바탕으로 이루어진 시 해설 수행평가의 내용과 방법은 다음과 같다. 역설, 반어, 풍자, 운율 중 세 가지를 선택하여, 각각 세 편 이상의 작품을 예로 들어 설명해야 한다. 역설이라면 A, B, C 세 개의 작품에서 각각 역설적 표현이 드러난 부분을 찾고, 그 표현이 역설인 이유와 표현에 담긴 숨은 의미(진실)를 나름대로 해석하여 서술하는 방식이다.

이때 주의할 점은 '역설, 반어, 풍자, 운율의 개념을 정확하게 이해하고, 작품에서 표현을 찾아내고 해석할 수 있는가?' 가 평가의 목적이다. 따라서 다른 부분이 평가에 포함되지 않아야 한다. 즉 글쓰기 능력은 평가 내용이 아니므로 예시 글을 제시했다. 처음-중간-끝으로 구조화되고, 문단이 명확하게 나누어진 완성형의 예시 글로 시범을 보였다.

수행평가지도 시범을 보인 예시문과 똑같이 구성해 제공했다. 왜냐하면 '글을 어떻게 시작하고, 본문을 어떤 식으로 채우며, 마무리는 어떻게 해야 하는가?' 에 대한 아이들의 고민은 덜어주고, 작품에 나타난 표현방법 해석이란 평가 목적에만 집중하기 위해서다.

시 해설은 알짜 개념 따라잡기(연습하기)를 통해 익힌 핵심 표현을 실제 작품에서 잘 찾고 해석할 수 있는지 확인하는 것이다. 아이들은 잘 해냈을까? 대체로 그렇다. 물론 그렇지 못한 아이들도 있다. 그래서 필요한 것이 다음 단계인

'되돌리기(피드백)' 이다.

5-1. 되돌리기(피드백): 시 해설 수행평가

피드백이 왜 필요하며, 어떻게 했는지 먼저 설명하고 두 번째 활동인 시 창작으로 넘어가려 한다.

시 해설 수행평가에서 아이들은 운율을 제일 잘 찾는다. 운율에서 대부분 기본 점수는 따고 들어가는 셈이다. 풍자도 비판의식과 연결해 잘 해석하는 편이다. 반어와 역설을 혼동하기도 하고, 역설의 숨은 뜻을 찾는 데 어려움이 있지만, 대체로 답안지를 잘 채워서 내는 편이다.

교사는 지금부터가 고난이다. 답안지와 씨름하며 점수 매기는 일이 쉽지 않다. 하지만 간단하게라도 잘못된 해설에 대한 피드백은 필요하다. 정확한 피드백을 받았을 때 받은 점수를 수용할 수 있고, 이어지는 시 창작에서 실수를 줄일 수 있다. 피드백 없이 채점에서 끝나버리면 잘못 이해한 것을 교정받지 못하게 된다. 피드백을 통해 자신이 어느 지점에서 잘못 이해했는지 파악하고, 알짜 개념으로 되돌아가 바로 잡을 기회를 주어야 한다.

4-2. 시 창작하기

두 번째 활동인 시 창작으로 넘어가 보자.

'자, 이제 드디어 시를 쓰는가?' 하실 분이 계시리라. 아직 아니다. 시 해설 수행까지가 이론을 채운 것이라면, 시 창작을 위해서는 감성을 채워야 한다. 청소년기는 굴러가는 가랑잎만 봐도 깔깔 넘어갈 때라 한다. 하지만 요즘 아이들은 학업과 입시에 찌들어 시에 얹을 감성 한 숟가락 짜내기 쉽지 않다. 특단의 조치가 필요하다. 그래서 생각해 낸 것이 '야외 수업'이다. 학교 사정을 누구보다 잘 아실 테니 아이들을 데리고 나가기 위해선 윗분들의 허락과 결재, 안전 지도 대책 등의 절차가 필요함은 첨언하지 않겠다.

야외 수업을 나가기 전 차시 수업이 중요하다. 왜 야외 수업을 나가는지, 나가서 해야 할 일(시 창작 밑그림 그리기)이 무엇인지, 할 일을 하지 않으면 시 창작 수행 평가에서 어떤 상황과 직면하는지, 주의할 점은 무엇인지를 야무지게 미리! 꼭! 알려 주어야 한다.

야외 수업은 두 시간 연강이 좋다. 나는 평소 두 시간 블록 수업을 하는 터라 문제 되지 않았다. 장소는 학교 주변 공원이나 자연과 접할 수 있는 곳이면 좋을 듯하다. 여의찮다면 운동장도 상관없다. 아이들은 정규 시간에 학교(교실) 밖을 나간다는 것만으로도 충분하니까.

야외 수업이라고 해서 아이들을 무작정 데리고 나가 내버려 두는 것은 아니다. 앞서 말했듯 감성 자극이라는 목적을 이루기 위해 크게 2차시로 구성했다.

1차시는 가는 길 중간 지점 아파트 공터에서 여는 '시 낭송 퀴즈대회' 다. 이를 위해 먼저 준비할 것은 낭송할 시다. 야외니만큼 집중력을 사로잡을 시, 아이들의 삶과 맞닿은 시, 감동과 재미가 넘치는 시가 좋다. 나는 박성우의 청소년 시집 〈난 빨강〉에서 열다섯 편을 골라 준비했다.

다음 준비는 낭송자다. 낭송자는 무작위 방식으로 다음과 같이 준비해 보았다. 귀퉁이 사면에 '(1) 축하합니다. (2) 당신은 ㅇ번 시 낭송자입니다. (3) 부담스럽다고요? (4) 걱정 말고 편한 마음으로! 부탁드려요~~^^ 파이팅~!' 이라고 아주 작게 적힌 A3 용지를 코팅해 들고 나간다. 낭송 장소에 도착하면 깔고 앉으라고 코팅한 것을 준다. 그러면 누군가 '어! 뭐라고 적혀 있는데?' 라고 말할 때, 네가 낭송자라고 알려 주면 된다.

이제 순서대로 나와서 시를 낭송할 차례다. 하지만 아이들은 시 낭송을 들을 준비가 안 돼 있다. 그래서 낭송이 끝나면 퀴즈 대회를 할 것이고, 맞춘 사람은 복권을 받고, 복권을 긁으면 상품이 적혀 있다고 알려준다. 제법 더운 오월이

라 상품 중 아이스크림도 있다고 하면 다들 좋아한다. 뭔들 어떤가? 아이들은 이미 퀴즈도 맞추고 싶고, 쿠폰도 긁고 싶고, 아이스크림도 먹고 싶으니, 준비가 된 것이다.

낭송자가 순서대로 나와 시를 낭송한다. 퀴즈에 대한 욕심도 있지만 재밌고 공감되는 시가 많아 그런지 제법 잘 듣는다. 낭송이 끝나면 준비한 퀴즈를 내고 쿠폰을 지급하는 것으로 시 낭송은 마무리된다.

그런데 이상하지 않은가? 시 쓰러 가면서 낭송은 왜 하는지….

낭송한 시는 모델링 역할을 한다. 자기 삶과 닮은 시를 들으며 100% 공감한다. '나도 저런 적 있는데…, 어! 저거 꼭 내 이야기 같다.' 고 공감하는 순간, 모델링되는 것이다. 따라 하기(모델링)를 통해 창작의 첫발을 조금 쉽게 내디딜 수 있도록 준비한 활동이다.

이제 정말 시 쓰러 간다. 공원에 도착해서는 아이들을 자유롭게 둔다. 처음엔 장난치거나 돌아다니던 아이들도 어느새 하나둘씩 자리 잡고 앉아 자기만의 세계로 빠져드는 마법을 경험할 것이다. 시를 못 쓰겠다고 하면 떠오르는 단어나 느낌만 나열해도 된다고 다독인다. 시를 쓰는 아이들은 잘 쓰려고 하지 말고 그냥 떠오르는 대로 최대한 많이 긁적거려 가자고 일러준다. 야외 수업은 시 쓰기를 위한 밑그림만 그려 오면 된다. 시간은 두 번째 차시로 활용되는 약 40분만으로도 충분하다.

이제 감성도 채우고 밑그림도 그려왔으니, 시 창작 수행평가를 할 차례다. 운율, 역설, 반어, 풍자가 드러나는 시를 각각 한 편씩, 아무 조건 없이 쓰는 자유시 한 편, 총 다섯 편을 쓰게 했다. 물론 다섯 편의 시를 한 시간에 다 쓰지는 않았고, 평가지를 내밀며 '자, 이제 써 보세요.' 도 아니다.

시 창작 수행은 세 단계로 이뤄졌다.

첫 번째는 시 창작의 노하우를 알려주는 활동이다. "필요치 않은 조사랑 주어는 빼라, 눈으로 보듯이 구체적으로 써라, 제목도 중요하다, 평소에 사용하는 입말(구어체)을 그대로 사용하면 좋다, 솔직하게 써라, 행과 연을 적절히 나눠라." 등을 안내한다.

두 번째는 시를 쓰기 전 마지막으로 각각의 핵심 개념을 한 번 더 짚고, 배웠던 시에서 표현을 찾아 정리하며 복습한다.

세 번째 단계가 수행 평가로 제출할 시를 쓰는 활동이다.

앞면은 연습용, 뒷면에 시인 ㅇㅇㅇ라고 적힌 유인물에 창작한 시를 쓴다. 채점의 용이성과 정확성을 위해 자신이 쓴

시에서 역설이 사용된 부분을 표시하고, 역설에 담긴 의미도 적게 했다. 아이들은 야외 수업 때 적은 메모와 그동안 읽고 배운 시에서 받은 영감을 바탕으로 시를 쓴다. 머리를 싸매고 열심히 적는 아이들을 보고 있으면 얼마나 사랑스러운지, 천사가 따로 없다.

5-2. 되돌리기(피드백): 시 창작 수행평가

시 해설 수행 평가와 마찬가지로 교사는 제출 작품마다 마음을 다해 읽고 피드백한다. 아이들의 진솔한 삶과 감정이 담긴 시를 평가란 잣대로 재단하는 것이 미안하지만, 기준에 맞춰 점수를 매긴다. 최선을 다한 결과물이기에 조금 어설프고 부족해도 후한 점수를 주려고 노력한다.

점수가 매겨지고 나면, 핵심 표현을 정확히 썼는가에 대한 피드백을 한다. 역설이라고 썼는데, 역설이 아닌 이유와 어떻게 고쳐야 역설이 되는지에 대한 피드백으로 핵심 개념을 되짚어주는 것이다.

결과에 대한 피드백도 중요하지만, 완성도 면에서 아쉬운 부분을 살짝이라도 건드려 주는 것이 더 중요하다. 이 아이들과 1학년 때도 시 수업을 했었다. 그때는 비유를 활용해 시를 썼는데, 피드백이랍시고 빨간 펜으로 벌겋게 적다 말고 '아차' 싶어 그만둔 적이 있다. 그런 실패를 교훈 삼아 앞서 말했던 것처럼 조사, 주어, 행과 연 구분 정도의 간단한 피드백을 더한다. 또 말하려는 알맹이가 분명하지 않은 시에 대해서만 좀 더 고민해 보라고 권유하는 정도가 좋다. 피드백에 대한 아쉬움은 늘 남는다. 잘 썼든 못 썼든 최선일 테니 모든 아이에게 에이 플러스를 줘야 마땅하다. 하지만 평가에 매여 못 할 짓(?)을 하고 있다고 생각하면 아이들 볼 면목이 없다.

여기까지가 교사의 몫이라면 여기서 한발 더 나아간다. 핵심 개념을 붙들고 달려 온 결과물의 가장 확실한 피드백은 다른 친구의 작품을 읽는 것이다. 수많은 시를 읽었지만, 가장 좋은 공부는 같은 시간과 공간을 공유하고 있는 바로 옆 짝의 작품으로 배우는 것이다. 괜찮은 작품을 골라 -되도록 많이- 한글 문서로 작업하고, 예쁜 색지에 프린트하여 복도에 전시한다. 오고 가며 읽기도 하고, 시간 여유가 있다면 수업을 할애하여 조용히 복도를 다니며 모든 작품을 읽게 하면 이보다 더 좋은 되돌리기(피드백)는 없다. 내 짝의 시에서 그동안 배우고 익힌 표현이 살아 움직이는 것을 볼 것이다. 또 시를 읽으며 친구를 알아가고 시를 즐기게 될 것이다.

* 후련히, 아쉬운 시 수업을 끝내며

시 수업에 대한 소감을 적게 했다. 수행평가가 끝났다는 후련함이 먼저다. 그럴 만도 하다. 언제 이토록 많은 시를 읽고, 써 보겠는가? 한 단원이 끝나고 수업 피드백을 받으면 대부분 '재밌었다, 좋았다, 힘들었다' 의 한두 단어로 그치는 경우가 많다.

하지만 시 수업에 대한 소감은 달랐다. 야외 수업 나갔을 때 밑 작업을 좀 많이 하고 올 걸, 대충 쓴 것 같다는 등의 이유로 기회가 된다면 더 잘할 수 있을 거란 자기 다짐과 함께 아쉬움도 많다. 또 친구들의 시가 기발하고 재치 있어 놀랐고, 공감할 수 있는 이야기가 담겨 있어 인상 깊었다고 했다. 그리고 '시가 좋다.' 는 소감이 가장 많다. 아이들은 시에서 자신을 발견했다. 학교와 집에서 일어나는 수많은 사건과 그로 인해 유발된 다양한 감정을 -기쁨, 재미, 두려움, 속상함, 분노, 미안함- 시를 통해 마주했다. 어디 그뿐이겠는가? 감춰진 보물을 캐내듯 건져 올리는 감동, 시어의 아름다움, 깨닫지 못했던 생의 감춰진 비밀, 사람과 사람 사이의 관계, 뚜벅뚜벅 지치지 않고 살아내야 할 삶의 방향, 자기 직면, 위로, 격려의 시를 만난 것이다. 이제 시가 좋다고 말하는 아이들로 나는 행복하다.

이미 여러분이 잘하고 있는데, 별 다른 것 없는 수업 이야기를 쓸데없이 길게 적은 느낌이다. 두서없고 긴 글을 읽어 주신 분께 감사드리며 글을 맺는다.

나는 아직 너무 말랑하다

2024년 2월 15일 초판1쇄 발행

엮은이 박정임 **펴낸이** 김성민 **편집디자인** 김경자

펴낸곳 도서출판 브로콜리숲 **출판등록** 제2020-000004호
주소 41743 대구광역시 서구 북비산로 65길 36, 2층 **전화** 010-2505-6996 **팩스** 053-581-6997
홈페이지 www.broccoliwood.com **인스타그램** broccoliwood_ **전자우편** gwangin@hanmail.net

ISBN 979-11-89847-74-6 43810

*책값은 뒤표지에 표시되어 있습니다.